C000084915

COLLECTION FOLIO

Georges Perec

Quel petit vélo à guidon chromé au fond de la cour ?

Denoël

Georges Perec est né en 1936. Il a fait des études de sociologie. Il a obtenu en 1965 le prix Renaudot pour *Les choses* et, en 1978, le prix Médicis pour *La vie mode d'emploi*. Il a également reçu, en 1974, le prix Jean Vigo pour l'adaptation cinématographique de son récit *Un homme qui dort*. Ses activités et curiosités littéraires multiples ont fait de lui un lipogrammatiste, un dramaturge, un traducteur, un auteur de mots croisés. Il a participé aux travaux de l'OuLiPo (Ouvroir de Littérature Potentielle) et a accompli dans cet esprit une œuvre qui est un tour de force de la littérature expérimentale : *La disparition,* roman écrit entièrement sans employer une seule fois la lettre « e ».

Georges Perec est mort le 4 mars 1982.

Récit
épique en prose
agrémenté
d'ornements versifiés
tirés
des meilleurs
auteurs
❦
par
l'auteur de
comment
rendre
service
à
ses amis

(Ouvrage couronné
par diverses Académies
Militaires)

Ce récit est dédié à L. G.
en mémoire de son plus beau fait d'armes
(mais si, mais si).

C'était un mec, il s'appelait Karamanlis, ou quelque chose comme ça : Karawo? Karawasch? Karacouvé? Enfin bref, Karatruc. En tout cas, un nom peu banal, un nom qui vous disait quelque chose, qu'on n'oubliait pas facilement.

Ç'aurait pu être un abstrait arménien de l'Ecole de Paris, un catcheur bulgare, une grosse légume de Macédoine, enfin un type de ces coins-là, un Balkanique, un Yoghourtophage, un Slavophile, un Turc.

Mais, pour l'heure, c'était bel et bien un militaire, deuxième classe dans un régiment du Train, à Vincennes, depuis quatorze mois.

Et parmi ses copains, y'avait un grand

pote à nous, Henri Pollak soi-même, maréchal des logis, exempt d'Algérie et des
T.O.M. (une triste histoire : orphelin dès
sa plus tendre enfance, victime innocente,
pauvre petit être jeté sur le pavé de la
grande ville à l'âge de quatorze semaines)
et qui menait une double vie : tant que
brillait le soleil, il vaquait à ses occupations
margistiques, enguirlandait les hommes de
corvée, gravait des cœurs transpercés et
des slogans détersifs sur les portes des
latrines. Mais que sonne la demie de dix-
huit heures, il enfourchait un pétaradant
petit vélomoteur (à guidon chromé) et
regagnait à tire-d'aile son Montparnasse
natal (car il était né à Montparnasse), où
que c'est qu'il avait sa bien-aimée, sa
piaule, nous ses potes et ses chers bouquins, il se métaphormosait en un fringant
junomme, sobrement, mais proprement
vêtu d'un chandail vert à bandes rouges,
d'un pantalon tire-bouchonnant, d'une
paire de godasses tout ce qu'il y avait de
plus godasses et il venait nous retrouver,

12

nous ses potes, dans des cafés où c'est que nous causions de boustifaille, de cinoche et de philo.

Et le matin, le Pollak Henri, il renfilait la tenue militaire, la chemise kaki, le pantalon kaki, le calot kaki, la cravate kaki, le blouson kaki, l'imperméable beige et les chaussures marronnes, il remontait sur son pétaradant petit vélomoteur (à guidon chromé), il refaisait, le cœur gros, le trajet dans le sens inverse, abandonnant ses chers bouquins, nous ses potes, sa piaule et sa bien-aimée, et même son natal Montparnasse (car c'est là qu'il avait né) et réintégrait le Fort Neuf de Vincennes, où l'attendait une dure journée pareille à toutes celles que le bon Dieu de bon Dieu de Saloperie de Service militaire lui faisait depuis quatre cent soixante et onze jours et lui ferait encore (mais n'anticipons pas) pendant trois cent soixante et dix et neuf.

Il pinçait les lèvres, le Pollak Henri, il rectifiait la position, il passait, menton en avant, devant le grand drapeau aux trois couleurs, devant le poste de garde, devant le capitaine, qu'il saluait, le lieutenant, qu'il saluait, le maréchal-des-logis-chef-adjoint-faisant-fonction-d'adjudant-intérimaire, qu'il ne saluait plus, préférant changer de trottoir, depuis le jour où ils avaient eu des mots, et les hommes de troupe, le brave Karaschoff, le brave Falempain, Van Ostrack (un sale raciste) et le petit Laverrière, chaleureusement surnommé Brise-Glace, qui le saluaient de divers cris d'oiseaux, car il était plutôt populaire, le Pollak Henri.

Alors commençait la dure journée du militaire labeur, avec les rapports, les appels, les rappels, la purée de pois figée, la bière tiède, les quarts de pinard, les corvées, les temps morts, les exercices de style, les boîtes de conserves rouillées que des galoches expertes envoyaient valdinguer sur les pelouses pelées, les cigarettes, les mégots, les clopes.

Et Apollon, majestueux, n'en finissait pas d'arriver au Zénith. Les heures s'écoulaient comme au travers d'un sablier empli de grès (le lecteur déplorera sans doute la platitude de cette image : qu'il en apprécie, pourtant, la pertinence géologique).

Et à la tant attendue demie des dix-huit heures trente, Henri Pollak, notre pote à nous, si toutefois il n'était ni de garde, ni de piquet d'incendie, ni consigné, ni puni, serrait les mains molles de Karabinowicz, de Falempain, de Van Ostrack le sale raciste et du petit Laverrière (chaleureusement surnommé Brise-Glace), fourrait dans la poche gauche de son blouson kaki sa feuille de permission nocturne dûment tamponnée par la Semaine, enfourchait son pétaradant petit vélomoteur (à guidon chromé), saluait réglementairement le lieutenant de service, l'officier de bouche, l'adjudant d'office, le chef de block, le maréchal des logis de semaine, le brigadier de jour et les hommes de garde qui l'ovationnaient de divers cris d'animaux, car il était plutôt bien vu, Henri Pollak (pas fier, de la classe, une grande mansuétude sous des dehors peut-être un peu bourrus) et il prenait son vol tel l'oiseau de Minerve à l'heure où les lions vont boire, regagnait, à la vitesse de l'épervier aux yeux songeurs, son Montparnasse qui lui avait donné le jour et où l'attendaient sa bien-aimée, sa piaule, nous ses potes et ses chers livres, s'extirpait de la tenue tant honnie, se changeait en un tournemain en un flagrant civil, le torse à l'aise dans une camisole de cashmere, la jambe moulée dans une paire de djinns, le pied bien pris dans des mocassins patinés à l'ancienne, et venait nous retrouver, nous ses potes, dans le café d'en face, où l'on parlait Lukasse, Heliphore, Hégueule et autres olibrii de la même farine, car on était tous un peu fêlés à l'époque, jusques à des heures aussi avancées que nos idées.

Ach ! Quand même allez, c'était la belle vie pour les militaires !

Mais ne voilà-t-il pas, patatras, qu'un jour, tout s'écroula !

Il devait être deux heures, deux heures et demie, peut-être même trois heures moins le quart.

Et le susnommé Karaphon vint trouver le susnommé Pollak Henri (ai-je dit que c'était l'un de nos grands potes à nous ?) et, comme dit le fameux fabuliste,

Il *lui tint à peu près ce langage :*

— Il est venu à mes oreilles étonnées cette nouvelle qui me laissa tout à la fois pantois, perplexe, piteux, podagre et presque putréfié : le Haut, le Très Haut (béni

17

soit-il) Commandement aurait décidé, l'on ne sait avec précision si c'est sur le coup d'une impulsion subite ou après maintes et mûres réflexions, aurait décidé donc, le Haut Commandement, de confier à M. le Capitaine Commandant le Service des Effectifs l'exténuante tâche de préparer la liste de ceux-là d'entre nous qui, à la prochaine occasion, iront nourrir de leur sang ces nobles collines d'Afrique dont notre histoire glorieuse a fait des terres françaises. Il ne serait pas impossible, il serait même probable que le nom que ma famille porte avec honneur et dignité depuis cinq générations, et qu'elle m'a livré sans tache, figurât sur cette liste.

Et l'infortuné Karaplasm se mit à sangloter comme un petit enfant.

— Allons, allons, fit, goguenard, le maréchal des logis Pollak Henri, notre pote à nous, qui aurait bien voulu se trouver ailleurs, par exemple dans son Montparnasse natal, où qu'il était naquis et où qu'il avait son grand amour, son studio sans confort, nous ses copains et sa bibliothèque Oscar qu'il avait escroquée bassement à son meilleur ami (c'était moi son meilleur ami).

— Foin de Philomachie, poursuivit, imperméable, Karamagnole, trêve de belligérance ; je n'aime pas la guerre, je ne veux pas aller me battre ; je ne veux pas aller en Algérie ; je veux rester à Paris où vit la fille que j'ai dans la peau ; je veux la serrer dans mes grands bras forts.

— Eh ! Qu'y puis-je ? fit, badin et philosophe, notre ami Pollak Henri (maréchal des logis), troublé par ce soudain lyrisme.

— Mon ami, mon cher ami, mon distingué collègue, mon vieux poteau, mon pays, mon cochon de lait, continua, admirable, Karalerowicz, ne me laisse pas en peine, aie pitié de moi, viens à mon secours !

— Eh ! Que puis-je ? fit derechef Henri Pollak, notre copain, maréchal des logis, natif de Montparnasse où qu'il avait venu au monde et où que se trouvaient présentement sa petite fiancée, son nid douillet, ses petits camarades (c'était nous ses petits camarades) et sa collection reliée de *Science et Vie.*

— Prends ta Djip, proféra l'autre d'une voix de Centaure, prends ta Djip, répéta-t-il, et me passe sur le corps. Me casse le pied que plus jamais ne puisse m'en servir à des fins meurtricides. Et que j'aille, traînant ma douleur et ma peine, d'hôpital militaire en militaire hôpital. Que la fée Convalescence me touche de sa baguette. Qu'elle m'accorde le plus long de ses sursis. Et je le passerai, oui, je le passerai dans la couche de celle que j'ai dans la peau et l'on verra venir. Les Algériens nous flanqueront la pilule. Et peut-être même que la paix elle est signée à ce moment.

— De quoi ? De quoi ? fit l'ami Pollak Henri, plié en deux par cette extravagante requête.

Et de lui expliquer que — minute papillon — il était hors de question de faire des bêtises avant d'y avoir réfléchi, qu'il fallait voir à voir, qu'il avait à l'extérieur, dans le

20

civil, à Montparnasse dont il était natif duquel, y étant né, des copains à lui (c'était nous les copains à lui), et qu'avant toute chose, il allait aller leur demander ce qu'ils en pensaient.

De fait, lorsque sonna la demie des dix-huit heures, le maréchal des logis Pollak Henri, dont je profite de l'occasion pour l'assurer à nouveau de mon indéfectible amitié, enfourcha son pétaradant petit vélomoteur (à guidon chromé), distribua alentour saluts confraternels et poignées de main nonchalantes, pédala dare-dare vers son natal Montparnasse qui l'avait vu naître et où c'est qu'il avait son seul amour, sa chambrette proprette, ses amis de toujours, sa bibliothèque de l'homme cultivé, s'extirpa de son enveloppe belli-queuse, se lava à grande eau, se choisit une tenue militante, à savoir : un pantalon de toile aux coutures apparentes, un ras du cou de coton orange, une veste de veau gratté sans col, une paire de va-nu-pieds en buffle, des lunettes de soleil, *l'Observateur*,

Arguments, un tiré à part de l'article d'Arthur Schmildknapp sur Otto Preminger (« Untersuchungen über das premingerische Weltenbild », *Prolegomena,* 1960, *27* : 312-387), vint nous retrouver dans le café voisin, et n'eut de cesse qu'il ne nous eût raconté son topo :

Que lui, Pollak (Henri), maréchal des logis natif de Montparnasse, il avait un pote qui s'appelait Karaschmerz et qu'il (Karaschmerz, mais Pollak Henri aussi, et tout le monde : à cet âge, c'est normal) avait une fille dans la peau et qu'il (toujours Karaschmerz) manifestait une indifférence notoire et nonobstant sympathique vis-à-vis du différend qui opposait l'avenir de la France, d'une part, et quelques ramassis de trublions et de droit-commun, d'autre part, et qu'il (Karaschmerz again) avait manifesté le désir de demeurer en France à se la couler douce dans les bras de celle qu'il avait dans la peau, au lieu de s'en aller batifoler dans les djebels, et qu'il (c'est-à-dire Pollak Henri) s'était senti ému

comme le jour de sa première communion
et qu'il avait demandé ce qu'il pouvait
faire, tout en se disant *in petto* et dans son
for intérieur qu'il n'y pouvait rien, et qu'il
(Karaschmerz) avait suggéré qu'il (Henri
Pollak) lui passât sur le pied avec une Djip
afin qu'une fois estropié il (Karaschmerz,
bien sûr) irait à l'hôpital militaire et qu'il
(Karaschmerz de toute évidence) aurait
une longue convalescence et qu'on (c'est-à-
dire tout le monde en général, et plus
particulièrement Karaschmerz, Pollak
Henri, les filles qu'ils avaient dans la peau,
et, pour lui faire plaisir, l'agent de police
qui règle la circulation au croisement de la
rue Boris-Vian et du boulevard Teilhard-
de-Chardin) aurait le temps de voir venir
et que peut-être la paix elle est signée.

Et qu'il (cette fois-ci c'est bel et bien
Pollak Henri soi-même, notre pote) avait
dit que — minute papillon — il (? *quid est*
de çui-là ?) fallait pas faire des bêtises et
qu'il (le maréchal des logis de Montparnasse, notre copain Pollak Henri quoi)

allait en parler à des potes à lui (c'était nous les potes à lui) et leur demander ce qu'ils (c'est-à-dire nous les potes à Henri Pollak) en pensaient.

Et que voilà il nous avait tout dit la chose et qu'est-ce qu'on pensait ?

Eh ben, le moins qu'on puisse dire, c'est qu'on pensait pas grand-chose. A vrai dire, on s'en tamponnait le coquillard de son histoire à la flan du type qui voulait devenir estropied pour couper à l'Algérie et se la couler douce dans les bras de celle qu'il avait dans la peau pendant que la paix elle est signée. Mais comme, d'une part, on voulait pas lui faire de la peine à notre grand copain Pollak Henri, et que, d'autre part, il nous avait très gentiment demandé de penser et que, c'est bien connu, la pensée c'est la vie (y'a qu'à voir chez Bergson), il y en eut deux ou trois qui ruminèrent un bon coup et qui firent, sans grande conviction :

— Hum, hum !

Ou bien :

— Ouais, ouais.

Le gars Pollak Henri, ça n'avait pas l'air de lui suffire. Touchés au cœur par la muette insistance qui émanait de son intelligent regard, nous nous décidâmes à diversifier nos appréciations.

Un loustic chanta :

>*Le gars Karacho-o*
>*L'ira à l'hosto-o*
>*L'en aura d'la convalo-o-o...*

Mais les autres, tragiques :

— C'est pas du tout cuit, dit le premier.

— C'est pas marrant, dit le second.

— Ça m'a l'air plutôt con, dit le troisième.

— Boudiou de Boudiou, dit le quatrième.

Blef, notle implession finale, elle fut plutôt défavolable.

Et nous convînmes ensemble et de concert que, de toute évidence, il n'était pas hautement souhaitable que l'individu honorablement connu sous le nom de Pollak Henri passât, au volant d'un véhicule automobile qui ne lui appartenait même pas, sur le ou les pieds d'un individu que nous ne connaissions ni d'Eve ni d'Adam, fût-ce avec son consentement formel et préalable, vu que :

premièrement, il risquait de lui faire mal, et même très mal ;

et que :

deuxièmement, l'estropiation ou pédotomie volontaire à seule fin de non-belligérance est quasiment réprimandée par la justice locale, tant en ce qui concerne l'individu qui s'y est abandonné avec complaisance qu'en ce qui concerne la ou les personnes qui l'ont notoirement encouragé ou aidé dans son criminel projet, ou qui, le connaissant, n'en ont point fait part aux autorités compétentes.

Mais quoi, grands dieux ! Allions-nous

laisser un brave ami dans le besoin ? Serait-
il dit que nous, les potes à Pollak Henri,
nous serions incapables de secourir celui-là
même qui, en désespoir de cause, avait
commis l'imprudence de s'adresser à lui,
Pollak Henri, notre cher camarade, son
maréchal des logis et néanmoins ami, pour
qu'il lui vienne en aide ? Serait-il dit que
nous manquerions à cet engagement implicite que l'un de nous avait pris — ô funeste
inconséquence ! — au nom de nous tous ?
Serait-il dit qu'encore une fois l'intelli-
gentzia française, dans ce qu'elle avait de
plus écrémé (c'est-à-dire nous), serait mise
en défaut ?

Non, tout cela ne serait pas dit.

Car d'un commun accord nous décidâmes, sublimes, que nous casserions le bras
de Karageorgèvitch, tous en chœur et en
douceur, un jour qu'il serait en permission,
et qu'après, il n'aurait qu'à raconter qu'il
avait glissé sur une peau de banane dans le
grand escalier du métro Opéra et que,
même si on ne le croirait pas, il allait

devant le psychiatre du régiment et qu'on y fout la paix pour un bout de temps et que peut-être les Algériens ils nous la flanqueront la dégelée et que la paix elle est signée.

Et le lendemain, à peine la douce Aurore aux doigts boudinés eut-elle tiré du lit, non sans difficulté, le gars Phœbus, que le Pollak Henri, redevenu margis chez les tringlots, dévalant les boulevards périphériques de toute la vitesse de son pétaradant petit engin vélomotorisé dont les garnitures de frein venaient d'être entièrement révisées, alla porter la bonne nouvelle à son brave copain Karawurtz, à savoir que lui Pollak Henri et ses potes à lui (c'était nous les potes à lui), on allait y casser le bras tous en chœur et en douceur un jour prochain qu'il viendrait en ville et qu'ensuite il n'aurait qu'à raconter qu'il a glissé sur la peau de banane du grand plongeoir mécanique de la station de métro Tourelles et que, même si l'on en doute, la section psychothérapeutique du bataillon prendra l'affaire en main et qu'il serait tranquille pour un bout de temps et que les Français, ils sont rejetés à la mer, les femmes et les enfants d'abord, les veuves ramenées dans leur douaire d'origine et l'armistice c'est dans la poche et la paix elle est signée.

— Ah! ben ça alors, qu'il gloussa le Karastumpf, elle est bien bonne. Et il fut vachement jouasse et drôlement content.

Cependant, nous autres, les potes à Pollak Henri, les sans-grades, les pékins, nous nous chargions d'arranger la chose.

Nous écrivîmes une belle lettre pour un copain qui était médecin à Pau (précisons tout de suite qu'il n'était pas dermatologue, et que sa femme n'était pas écuyère), belle lettre à mots couverts, car nous nous méfiions de la D.S.T. dont on disait qu'elle avait des hommes à elle dans tous les bourreaux de poste.

Et nous lui demandions, dans cette lettre, à ce copain qui était médecin à Pau, sans être pour autant dermatologue et sans que par là même soit écuyère sa femme, nous lui demandions, dans cette lettre , à

31

ce copain médecin, qu'il nous fasse parvenir au plus tôt, dans les meilleurs délais, par retour du courrier, et même de toute urgence, un anesthésique d'une portée foudroyante et d'une administration aisée et de préférence intramusculaire.

Ensuite, qu'on se disait comme ça, c'est du tout cuit, c'est facile. Il suffira, comme dit l'autre :

Qu'il nous montre son bras minion
Pour qu'on nian fasse un monion.

Le mec, il sent rien, on lui coince le bras entre l'arbre et l'écorce, ou, à défaut, entre deux bonnes planches. On tord un grand coup, il fait la grimace, on arrose de gnôle, on met le feu, on laisse sécher, le tour est joué ; il n'a plus qu'à aller bramant dans les rues où la gent militaire est réputée foisonner, qu'il a glissé sur la peau de banane du haut des quarante marches quasi séculaires du métro Pyramides, et même si nul ne veut l'écouter, ça sera du ressort de la Commission Psychanalytique de la Brigade, elle le mettra au vert pendant quelque temps, assez pour que les rebelles ils nous avalent tout crus et que le négoce il s'enclenche et que la paix elle est signée.

Mais nous reçevîmes pour toute réponse un méchant billet griffonné comme par un qui aurait avalé son stylographe de travers, nous enjoignant comminatoirement de garder les bébés que le ciel nous envoyait, et il fallut quelques échanges de correspondances explicitantes, et par là même dangereusement engagées — mais nous savions prendre nos responsabilités quand il le fallait — pour qu'arrivèrent deux ampoules de Solucrivine accélérée à 7 %, accompagnées de leur mode d'emploi et d'une note manuscrite appartenant sans doute au genre ironique, dont il ressortait que c'était pas du tout cuit de casser le bras d'un type en douceur, fût-ce en s'y mettant à plusieurs, vu qu'on risquait de lui péter tout à la fois les os, les tendons, les poches synoviales, les articulations, les filaments, les ligaments, le gras, le maigre et tout le fourbi, et que même si ça s'aurait pu, ça l'empêchera pas, le bonze, de partir au champ d'honneur avec le bras en écharpe et quarante-cinq jours de cellule à la clé et que nous, ses copains huméroclastes, on a la maréchaussée au derrière pendant une grande lurette.

« Bah », nous nous dîmes comme ça, et nous fîmes dire par Pollak Henri à Karaboom que nous étions quasiment fin prêts et Karaboom nous fit dire par Henri Pollak qu'il était quasiment fin prêt lui aussi. Et comme ça tout le monde était quasiment fin prêt.

Mais il advint en ces temps-là que, pour des raisons dont nous demeurâmes ignorants desquelles jusqu'au bout, Karamel ne partit pas. L'était pas sur la lice. Falempain, le brave Falempain, si, l'était sur la lice, et le petit Laverrière, l'était aussi sur la lice, le brave petit Laverrière, chaleureusement surnommé Brise-Glace. Et même Van Ostrack, le sale raciste, l'était sur la lice aussi. Mais pas Karamel.

Nul camion bâché ne le vit s'avancer vers lui, titubant sous le poids du barda arabicide. Nul adjudant aux moustaches en crocs ne passa en revue son fourbi, nul capitaine badin n'introduisit son doigt ganté de blanc dans le canon luisant de graisse de sa pétoire démontée pour l'en retirer souillé en disant « il est sale », nul colonel mélanophage et erythrophobe ne le serra dans ses bras musqués en lui disant « mon petit, tu vas me manquer », nul général aux jambes arquées ne laissa perler une larme au coin de son cil blanchi sous le harnais en lui affirmant derechef que la France et que Dieu comptaient sur eux, sur les braves pioupious des régiments du Train et qu'ils tenaient bien haut le flambeau sacré de la civilisation occidentale en péril (jaune).

Adoncques, il ne partit pas, Karabine, et un grand sourire fendit sa face noble quand il vit s'en aller ses petits camarades. Il demeura tout seulet dans la chambrée proprette et l'on y eût pu l'y voir, s'aidant d'un vieux balai, exécuter des entrechats balourds, ou fredonner les grands airs du *Combat de Conflans et d'Honorine* en lavant à grande eau le sol dallé de ladite.

Et, du samedi soir au dimanche matin, il enfouissait sa grosse tête dans la généreuse chevelure mordorée de celle qu'il avait dans la peau, et lui susurrait des odelettes galantes comme si jamais les nuages algériens n'étaient venus voiler le pur soleil de son amour.

Mais nous, les potes à Pollak Henri, pour tout dire, on était vachement déçus. V'là qu'on s'était décarcassés pour rien, parguienne, qu'on s'était mis en frais pour des clopinettes. Ça la foutait mal. Pour de la frustation, c'était de la frustation. Dame oui. Le copain Pollak Henri, l'avait beau être maréchal des logis, il en prenait pour son grade et on se foutait de sa gueule, sauf votre respect.

36

Heureusement, ou plutôt hélas, oui, hélas, eheu, eheu, deux mois à peine s'étaient écoulés à la grande horloge de la gare de Lyon, que c'était de nouveau le grand Ramadan au Fort Neuf à Vincennes.

Alors les bureaucrates, les sales planqués du service des Effectifs ouvrirent leurs grands registres reliés de toile flammée et pointèrent de leurs grands doigts maigres de Parques parkinsonniennes les noms de tous les ceusses qui s'en iraient bientôt faire les zouaves, et par un beau matin ensoleillé de juin mil neuf cent et quelque chose (pas de noms, pas de dates, nous a supplié à genoux notre ami le maréchal des logis Henri. P.), les compagnies rassemblées furent tout ouïes pour le fatidique appel :

Agave, Alatienne (Etienne), Atala (René), Baderne, Beaucitron, Bitognaud, Bourbon, Bovary, Buonaparte (Max),

Burburi, Catilina, Cécédille, Colic, Colin-Maillard, Culdesacque, Diego-Suarez, Dostoyewchky, Epaminondace, Flanchet d'Hesperide, Fnaff, Gargouilly, Grôle, Gusse, Harsène, Horgorigme, Hospodar, Ignace-Ignace, Jeanfoutre, Jonas, Jujube, Jussieu...

Défaillir à ce moment se sentit le brave Karadigme. Et quand son nom, que cinq générations et demie de Karadigme avaient porté sans même s'en rendre compte et lui avaient livré pieds et poings liés, tomba de la bouche en cul de poule du lieutenant Lariflette, qui d'ailleurs l'estropia (le nom seulement, hélas, et pas la personne : subtil distinguo dont je me fais fort de tirer illico presto maints développements divertissants et vertigineux ; mais l'heure est grave et je dois poursuivre : Ah ! Littérature ! Quels tourments, quelle tortures ton sacro-saint amour de la continuité ne nous impose-t-il pas !)...

Où en étais-je ? Oui. Quand, donc, son nom, que cinq générations, etc., tomba de la bouche, etc., le brave Karatchi tourna sa bonne bouille à l'œil humide vers son grave gobain Bollak Henri qui, pince-sans-rire comme toujours et maréchal-des-logis jusques aux bouts des ongles, lui flanqua un motif parce que l'on ne tourne pas la tête quand l'on est au garde-à-vous.

N'empêche que le soir même, nous savions tout. A trois cent quatre-vingt-dix-huit hectomètres à l'heure l'avait foncé le bronzant Pollak Henri, sur son crachotant vélocipède à turbine et à suspension hydraulique, du Fort-Neuf de Vincennes à son Montparnasse natal où qu'étaient sa douce tourterelle, sa mansarde aménagée avec amour, ses alter ego (c'était nous ses alter ego), ses soixante-quinze centimètres de Pléiades. Ne se changea même pas, vu les circonstances, et vint à nous tout de kaki vêtu, brûlant de nous apprendre les événements dont la journée avait été le théâtre desquels : que cette fois-ci ça y était, que Karalberg était sur les listes, qu'il en était tout retourné, qu'il n'avait pas touché à son déjeuner et pourtant ils avaient servi des boulettes et c'est bon les boulettes, que c'était la catascrophe.

Et alors, altérés, mais sublimes, nous décidâmes d'agir.

Le lecteur qui voudrait marquer ici une pause, le peut. Nous en sommes arrivés, ma foi, à ce que d'excellents auteurs (Jules Sandeau, Victor Margueritte, Henri Lavedan, Alain Robbe-Grillet même, dans son tout dernier *Carême de Noël*) appellent une articulation naturelle.

Permettez-moi de vous rappeler les grandes lignes de ce que votre cervelle de lecteur a pu, ou aurait pu, ou aurait dû emmagasiner :

Premièrement : qu'il existe un individu du nom, peut-être approximatif, de Karachose, qui refuse d'aller sur la mer Méditterrannée (je ne suis pas très sûr de cette orthographe) tant que les conditions climatiques seront ce qu'elles sont. Point que, d'ailleurs, on précise assez peu, attentifs que nous sommes à acquimiler les pitits mystères autour de notre modeste récit ;

deuxièmement : qu'il existe une bande de braves gens dont auquel j'en suis, courageux comme Marignan, forts comme

Pathos, subtils comme Artémis, fiers comme Artaban;

troisièmement : qu'il existe une tierce personne, nommée Pollak, et prénommée Henri, de son état maréchal des logis, qui semble passer son temps à aller de l'un aux autres et des autres à l'un, et vice versa, au moyen d'un pétaradant petit vélomoteur;

quatrièmement : que ce petit vélomoteur a un guidon chromé;

cinquièmement : que des individus que l'on peut et doit qualifier de comparses circulent entre les interstices de la chose principale et mettent l'icelle en valeur, selon les meilleurs préceptes que les bons auteurs m'ont appris quand j'étais petit;

sixièmement : que les choses en étant là où on les a laissées, on est parfaitement en droit de se demander : Mon Dieu, mon Dieu, comment tout cela va-t-il finir?

Donc les Algéropètes ramassèrent leur barda, empilèrent leur fourbi, retapèrent leurs frusques, recousèrent leurs chaussettes, cirèrent leurs godillots, graissèrent leurs fusils, touchèrent leurs rations de bouillon Kub, de café en poudre, de sel de quinine, de poudre vermifuge, achetèrent des boutons, du fil, du dentifrice, les œuvres de Camus (Albert), des stylos à bille, de l'ambre solaire, des boxer-shorts, des babouches.

Alors l'adjudant aux moustaches conquérantes passa en revue le trousseau de Karapotch ; le capitaine badin jusqu'au bout de sa badine passa son doigt ganté de chevreau blanc sur la culasse luisante de graisse de son pistolet-mitrailleur démonté et le considéra souillé en demandant d'un ton où l'insolence le disputait à la perplexité : « C'est ça que vous appelez un pistolet-mitrailleur propre ? » (mais Karapotch se garda bien de répondre) ; le colonel lui tint un long discours pas trop mal embouché de la part d'un colonel et dont il ressortait primo que Karapotch était une brèle et qu'ils étaient tous les mêmes ; deuxio, qu'il aimerait mieux, lui, colonel Ramoly, enfant de la balle, fils de troupe, aller faire le crapahut à Sidi-Belle-Abbesses, plutôt que de commander à une bande de peigne-culs comme ça ; tertio, que des mecs comme ça c'était pas un cadeau, et quadratio, que la France elle était bien bas.

Quant au général, il envoya un télégramme pour s'excuser de ne pouvoir venir.

Et nous, on se donna des coups de téléphone et on vit que c'était le moment.

Au vrai matin du vrai grand jour, l'on se leva de bon matin et l'on alla faire un grand marché. L'on acheta du vin, beaucoup de vin, car l'on allait avoir soif, et puis l'on acheta du riz, des olives, des anchois, des œufs, des charcutailles, car l'on allait aussi avoir faim, et comme il ne s'agissait d'être mesquin, et qu'il fallait, c'était la moindre des choses, lui mettre un peu de baume sur le cœur, à ce brave Karachose, en attendant de le lui mettre sur son épaule disloquée ou sur son humérus à la traîne, l'on acheta aussi des gâteaux, des sucreries, des douceurs, des friandises, des fruits et de l'alcool.

Puis l'on acheta au grand bazar qu'il y a

au croisement de la rue Boris-Vian et du boulevard Teilhard-de-Chardin, en face de la sortie de métro, juste à côté le boucher, des aiguilles hypodermiques, des seringues appropriées, du coton hydrophile, de la gaze de ville, onze mètres de bande Velpeau, des épingles de nourrice, une pince universelle, un bâillon, un cric et pour quarante sous de semences de tapissier qui pourraient peut-être servir.

L'après-midi l'on fit le ménage parce que la maison elle était vraiment sale et que ça serait pas gentil de recevoir un pote à qui l'on allait dévisser le cubitus dans une maison vraiment sale.

Et comme nous abattions de la besogne, tout fut bientôt prêt : la maison était récurée, les bouteilles étaient entassées sur la cheminée, le repas n'attendait qu'un signe de notre part pour bondir sur la table dressée (une des choses dont nous étions les plus fiers, soit dit entre nous : c'était une table de campagne, manifestement peu habituée à la civilisation trépidante des

50

grandes zones urbaines ; elle avait gardé de ses origines rurales une propension parfois inquiétante au nomadisme ; elle avait manifesté envers nous, au début, une hostilité opiniâtre, muette, mais terriblement efficace et il nous avait fallu presque six mois, six mois de patience, de douceur, de fermeté — mais nous ne l'avons jamais brutalisée, rassurez-vous — pour obtenir qu'elle nous obéisse, reste une fois pour toutes à sa place et se tienne tranquille quand on lui mettait le couvert).

Il était six heures moins dix. Le vent fraîchit. Nous fermâmes nos fenêtres et nous nous plongeâmes avec ravissement dans la lecture de la *Grande Encyclopédie,* article « Fractures et Complications diverses » pour nous documenter sur la chose dont ça ne saurait tarder qu'on en parle.

A six heures notre grand ami Hubert entra qui apportait la lampe à souder qu'il nous avait empruntée onze mois auparavant. Il dit :

— Tiens ! C'est propre chez vous.

Nous répondîmes :

— Nous attendons Karasplasch.

Il dit qu'il était des nôtres et s'offrit d'aller chercher du gin, ce dont nous le congratulâmes. Il descendit et remonta bientôt, accompagné de Lucien que, dit-il, il avait rencontré chemin faisant.

Et Lucien appela son Emilie, et Hubert appela sa franjine et nous appelâmes les Dracula, qui étaient sortis, les Cornemuse qui dirent qu'ils viendraient, et le grand Blerot qui nous faisait toujours rire, mais que nous ne pûmes joindre.

Et les copains arrivèrent en masse qu'on se serait cru au Vendôme le jour qu'ils ont sorti *Les Parapluies de Cherbourg* (léger anachronisme que l'indulgent lecteur nous pardonnera sans mal). Et comme ils étaient pas tous au courant, ceux qu'étaient déjà au courant mirent au courant ceux qu'étaient pas encore au courant.

Et alors — fallait s'y attendre — y'en a qui dirent comme ça qu'il fallait être zinzin pour envisager — ne fût-ce qu'un seul instant — de casser le bras à Karalahari, que c'était foutrement dangereux, que si on lui faisait la piqûre il sentait plus rien et c'était pas seulement le bras qu'on lui cassait, mais qu'on lui démantibulait les poches synoviales, qu'on lui bousillait les articulations, qu'on lui pétait les tendons, qu'on lui désincrustait les filaments, qu'on lui caramélisait les ligaments et tout le tremblement.

· Que (de plus) les médecins militaires n'auraient besoin que d'un seul coup d'œil négligemment lancé sur la prétendue contusion pour deviner jusque dans ses moindres détails le stupide complot qui l'avait perpétrée et que, par suite, partirait nonobstant le nommé Karapete, avec son bras dans le plâtre et soixante jours de cachot en guise de prime et que nous, ses malheureux complices, on aurait les gendarmes à nos trousses jusqu'à la onzième génération.

— Alors quoi ? fîmes-nous tous en chœur et comme un seul homme, en nous interrogeant les uns les autres du regard.

Sur quoi le président de séance prononça la dissolution temporaire de l'Assemblée générale et décréta la constitution de trois commissions qui siégeraient à huis clos, l'une dans la cuisine, l'autre dans la chambre, la troisième dans la grande salle du Conseil, commissions souveraines et ventripotentes qui auraient à connaître des divers projets dont serait saisi le secrétariat, lequel les leur ferait parvenir au fur et à mesure de leur inscription sur le procès-verbal, ne se réservant que le droit de décider de leur attribution (astuce procédurière qui ne trompa personne et retarda d'autant l'instauration du vrai débat).

Les principales propositions relatives à l'immédiat avenir de Karaplouck se trouvèrent à la fin du compte, après quelques amendements, motions, saisies-arrêts, points d'ordre, projets, contre-projets, interruptions, incidents, fausses sorties et autres faits divers, réduites à cinq, sur lesquelles nous votâmes à bras raccourci et à main levée.

La première visait à tout compte fait casser tout de même le bras de Karablast, puisque, soulignait-elle, c'était pour ça qu'on était là. Cette proposition formaliste déchaîna l'enthousiasme de 9 % de l'Assemblée, ce qui était trop.

La seconde en pinçait pour que, saoulé à

mort, Karawann soit traîtreusement poussé dans l'escalier ; la Nature, était-il dit, ferait le reste : conclusion pourrie d'idéologie que le subtil neurophysiologiste que je suis à mes heures anéantit en quatre secondes en démontrant que le proverbe : « Il y a un Dieu pour les ivrognes » a un fondement scientifique précis, ce qui n'empêcha point ladite motion de récolter 13 % des voix.

La troisième ne voyait de salut qu'au sein d'une prise de position politique hautement proclamée : courageusement, Karaniette déclare d'une voix forte et si possible intelligible qu'il est contre la sale guerre, et se couche le long de la sale voie ferrée jusqu'à ce que les sales gardes-barrières l'aient mis dans un sale état. Cette proposition scélérate mais, reconnaissons-le, non dénuée d'un certain sens de l'humour, fit du bruit dans la mesure que, laissant entendre qu'il valait mieux pour nous que le boulot fût fait par des mains assermentées, elle faisait de nous autres tout simplement des lâches : ce que nous ne fûmes qu'à concurrence de 23 %.

La quatrième proposition voulait que Karatchoum tombe malade, si possible gravement, et donnait à choisir entre la tuberculose osseuse, la jaunisse, le phlegmon double, le rachitisme avancé. Elle recueillit l'assentiment du quart d'entre nous.

La cinquième enfin suggérait que Karakiri devienne dingue. Nous fûmes 37 % qui sourirent à cette idée[1].

Et c'est ainsi qu'il fut décidé que Karasteni, s'aidant, sous notre bienveillante gouverne, des merveilleux résultats obtensibles à partir des données actuelles de la psychopathologie militante, simulerait une tentative de self-suicide et se ferait réformer pour schizophrénie galopante ou pour paranoia simplex.

Celui de nos copains qui (nous avions

1. Le lecteur méfiant qui fera le compte trouvera peut-être que le total dépasse 100 %. Il n'aura pas tort d'en déduire que certains votèrent deux fois.

tout prévu) était en troisième année de pharmacie (il y est toujours d'ailleurs, et il vient de se marier ; il a onze enfants, rien que des garçons, tous très beaux, tous viables : comme la vie est une drôle de chose...) l'alla chez lui chercher son codex, histoire de voir la drogue en vente libre que Karabouffi pourrait s'ingurgiter laquelle jusqu'à plus soif, sans danger réel (ou si petit) si même sans plaisir aucun.

Enfin, sur le coup de neuf heures moins le quart, alors que le désespoir aux doigts crochus et aux dents déchaussées commençait à envahir la place, Karajeanne fit son entrée, très applaudi. Précédé du noble et généreux Pollak Henri, son supérieur hiérarchique, qui avait revêtu la tenue des grands soirs : jersey lie-de-vin en V, tee-shirt bordeaux, fuseaux outremer, chaussures de basket noires à parements de strass ; c'était, ce Karajeanne, un beau militaire, habillé à la militaire, avec la tunique kaki à brandebourgs pareils, le calot crânement posé de traviole sur le sinciput et les grosses écrase-merde cloutées qui crissaient sur notre plancher fraîchement ciré. Il entra intimidé, accueilli à grands cris. On lui fit une place. Et il sentit peser sur lui les regards chaleureux de toute la bande.

Karastein était un individu de taille élancée, que ne déparait pas une certaine corpulence. De l'orteil au cheveu, il faisait, à vue de nez, dans les cent quatre-vingts centimètres. Sa largeur hors tout approchait les soixante-dix centimètres. Sa capacité thoracique était proprement phénoménale, son pouls lent, son air amène. Son visage ne présentait aucune particularité remarquable : il avait deux yeux bleus, un nez épatant, une grande bouche, deux oreilles décollées, un cou pas très propre. Ni barbe, ni moustaches, nous l'aurions remarqué tout de suite. Des sourcils abondamment fournis, des narines sensuelles, des joues rebondies, des lèvres charnues, un menton volontaire, une mâchoire carrée, un front bas, des tempes dégarnies, des paupières spirituelles. Le nombre de ses mimiques semblait pourtant limité. Il avait l'air intelligent de l'indigène auquel Arthur de Bougainville demanda son chemin lorsqu'il débarqua de la gare de Lyon le 11 septembre 1908.

Et si nous ajoutons qu'il était d'un naturel taciturne, qu'il avait comme l'air perdu dans un rêve intérieur, qu'il sortait de chez un coiffeur qui ne l'avait pas gâté, et qu'il tournait et retournait dans ses grosses mains velues son calot de drap rude, nous penserons avoir donné de cet homme un portrait suffisamment précis pour que, si d'aventure vous le rencontrez par hasard au croisement de la rue Boris-Vian et du boulevard Teilhard-de-Chardin, vous vous hâtiez de changer de trottoir, exactement comme nous-mêmes le ferions si pareil alinéa nous tombait dessus (il est vrai que nous connaissons, nous, le fin mot de l'histoire...).

Ces rares éléments, joints aux maigres confidences qu'avait pu nous faire entre deux portes notre ami Pollak Henri, maréchal des logis (à guidon chromé), nous firent supposer, à priori, que Karavage était un être simple, comme on n'en fait plus, doué d'une force peu commune (n'avait-il pas cassé notre unique chaise paillée rien qu'en s'asseyant dessus ?), d'une perspicacité légèrement à côté de la moyenne, et d'une fidélité quasi instinctive à l'égard des normes sociales en usage dans sa tribu d'origine : inductions que nous ne songeâmes pas à creuser plus avant, attendu que nous n'en avions cure.

L'on servit quelque liqueur apéritive. Les soiffards que nous étions tous autant que nous étions (ai-je dit que nous étions la bonne douzaine au fait ?) s'y ruèrent comme la pauvreté sur le monde et comme la vérole sur le bas clergé breton. Mais Karalepipede ne se servit point. Il se tenait, la morve au nez, mais n'osant se moucher, recroquevillé dans un coin, ne soufflait mot, ou bien parfois, sous la bienveillante insistance de nos regards convergents, il esquissait un faible sourire et disait d'un ton neutre : « C'est bien chez vous quand même, c'est petit, mais c'est bien. » Ce qui était on ne peut plus juste.

L'enfin, l'on se mit à table. Ce qu'on était serrés! D'abord, on a mangé des sardines avec du pain et du beurre. Après, on a bu du blanc sec qu'avait de la classe, pour sûr. Après, on a eu le saucisson braisé de chez Pétras, rue Volta, qui vaut tous les saucissons braisés du monde. Ensuite apparut en grand apparat un grand plat de riz orné de force olives et de filets d'anchois disposés en quinconce, alternant avec des petits entassements de concombres en rondelles eux-mêmes flanqués de petites crevettes décortiquées, le tout délicieusement recouvert d'un semis de poivrons coupés fin, de câpres et de jaunes d'œufs durs pareils à des boutons d'or.

Et Pollak Henri, en vrai maréchal des logis militaires qu'il était depuis quinze mois et des poussières, déboucha coup sur coup trois bouteilles de Château-Bercy rouge sans âge, mit son index dans sa bouche et, se servant de sa joue comme ressort, fit : « Pof, pof, pof », cependant que d'aucuns claquant de la langue, opinant du bonnet, branlant du chef et frisant leurs moustaches, donnaient le signeau de l'hihilarité générale.

Après le repas, l'on se transporta au salon, l'on servit le café, l'on s'offrit cigares et cigarettes, l'on fit circuler divers alcools.

Et pour mettre Karafalck à l'aise, nous tentâmes de le faire parler et à brûle-tourcoing nous lui demandâmes de but en blanc ce qu'il pensait de la guerre, s'il était pour ou s'il était contre. C'était, le lecteur s'en souviendra peut-être, une question fort à la mode à cette époque et peu de jours s'écoulaient sans qu'elle suscitât quelque débat, public ou privé. Mais nous avions, à la poser, un intérêt tout particulier : c'est que, le lecteur toujours subtil s'en est sans doute aperçu, car nous ne nous sommes pas privés, Dieu nous en garde, de jeter comme par hasard plusieurs allusions malignes, et parfois même filoutes, à la chose, c'est que, dis-je, nous étions un peu vexés d'avoir à nous compromettre en la compagnie d'un individu qui n'était même pas politiqué ; nous nous en voulions de déployer tant d'efforts pour sauvegarder la tranquillité d'un qui ne demandait rien d'autre qu'à rester à se la couler douce dans la couche de celle qu'il avait dans la peau, cependant que ses petits copains montaient la garde devant les institutions au péril de leur honneur, et qui semblait n'accorder qu'une importance restreinte, voire dérisoire, à la Liberté, à la Démocratie, aux Idéaux humains, au Socialisme et tout le tremblement.

Mais, malheureusement pour nous, qui y eussions trouvé là matière à bel apologue, Karagidouille était moins con qu'il n'en avait l'air. Conscient de cet aspect déceptif de sa personnalité, il fit quelque effort pour se mettre à la hauteur, et dit très exactement ce que nous voulions lui faire dire en espérant qu'il ne le dirait pas, c'est-à-dire qu'il convint avec nous qu'il était, lui aussi, de ce genre de types qui, en d'autres circonstances, et si on les en eût intelligemment priés, auraient « porté la valise », allusion si claire que nous ne jugeons pas utile de la paraphraser.

Mais d'ailleurs, en fin de compte, était-il vraiment nécessaire de prendre de tels risques pour accéder au côté proprement politique de l'affaire. Ne suffisait-il pas d'être simplement un brave homme, un bon bougre, un humble, un petit, un brave gens du quartier qui va au lait en savates, qui n'aime pas la guerre, pasque la guerre, c'est vilain, qui aime la paix, pasque la paix, c'est mimi, qui aime danser le dimanche soir, sur l'air de *Nini peau de chien*, au son de l'accordéon, sur les places publiques, sous les lampions tricolores. Et puis l'amour ! Ne suffisait-il pas qu'il ait une fille dans la peau pour être sauvé ?

Cette absolution théorique l'ayant sans doute mis en confiance, Karagandhi, sur le tard, se dégela un peu. Il nous confia qu'il était ouvrier, qu'il était pas content à l'armée, et qu'il avait jamais vu autant de livres.

Et aussitôt, nous, qui étions de ceux qui vont aux masses, nous qui avions dans le sang le virus de la propagande éclairée, nous qui aurions aimé avoir été instituteurs dans un petit village de Savoie, vers la fin du XIXe siècle, pour pouvoir faire lire Rousseau, Voltaire, Vallès et Zola aux petits paysans en blouse, nous lui en offrîmes tout un stock : *Moby Dick,* le *Volcan* (Ah ! le *Volcan !* Le vieux Popo ! Qaqahuaq ! Sé gousta hesté hhrrarrdinn' ! Mescalito per favor ! Ça, c'est un bouquin !), *La Crise de la conscience européenne* (Et pourquoi pas ? Je vous vois venir, sales misopèdes ! Obscurantistes !), Henry Miller — à l'époque nous aimions Henry Miller —, Gaston Leroux (il n'avait même pas lu Gaston

Leroux!) et d'autres encore, qui nous encombraient. Mais il les refusa, très gentiment, disant que, peut-être, quand la paix serait revenue, quand il aurait le loisir de lire ces ouvrages à tête reposée, quand il pourrait en savourer tout le suc, alors oui. Mais ce soir, ajouta-t-il, non, ce soir, il n'avait pas, non, il n'avait pas le cœur à ça.

Ce long discours, dont les expressions choisies permettaient de mesurer dans toute son ampleur la nocive influence qu'avait exercée sur cette jeune âme la culture sophistiquée du maréchal des logis Pollak Henri, notre pote à nous (et nous en fûmes tristes pour lui), ce long discours le laissa abattu. Il s'affala presque, et se plongea dans un mutisme agressif. Un silence lourd plana sur la pièce enfumée. Et ces tristes pensées nous vinrent que c'était fini, qu'il nous avait bien fait marrer, le Karastenberger, avec ses grosses godasses, sa bonne bouille, son esprit un peu lent, sa bonne volonté, son bégaiement, mais que c'était à nous de jouer maintenant, qu'il fallait quand même se décider à le sortir de son pétrin, et qu'il allait plus tarder à faire vilain.

Alors le mandarin-chef de notre tribu, la grosse tête, le vénérable, essuya ses lunettes, enleva sa pipe de sa bouche, et parla en ces termes :

— Mon vieux, on y a pensé à ton histoire. C'est pas marrant. Faut quand même pas être con. On demande pas mieux que de te casser le bras en douceur, mais c'est vachement dangereux, tu comprends, avec la piqûre, tu sens rien, on risque de te démantibuler les articulations, de te péter les poches synoviales, de te bousiller les ligaments et les tendons intra-articulaires. Et puis, mon vieux, tu comprends, faut pas croire que les médecins militaires sont des cons. On les a pas si facilement. Faut pas prendre les gens pour des cons, qu'ils diront les médecins militaires, et ça t'empêchera pas, mon vieux, d'y aller à la manœuvre, avec la bande à Velpeau, et un coup de pied dans l'arrière-train, plus quatre-vingt-dix jours de forteresse pour couronner le tout, si c'est pas le conseil de guerre, Biribi, Foum Tataouine et compagnie, et nous, les marrons du feu, on aura la police au cul pendant quelques lustres, tu comprends?

— Eh là! Eh là (fit l'autre), c'estoient poinct icy masnyères de chrestiens! J'allions m'fout' à la Seine illico presto qu'on en finisse, nom d'un petit bonhomme en sucre!

— Tout doux, l'ami, tout doux, fit celui d'entre nous qui semblait être notre chef, en faisant tournoyer sa chaîne à vélo d'une manière qui se voulait menaçante. Ne nous affolons pas. Il nous est apparu au cours des discussions que ton cas suscita, que ce sera pas une mauvaise idée que tu tomberais malade du cerveau : t'avales quelques comprimés, t'es un peu barbouillé, tu sais plus où que t'es, on te fait vomir, t'as l'air d'avoir voulu te faire passer l'arme à gauche, les militaires ils n'aiment pas ça c'est connu, c'est mauvais pour le moral des troupes, alors tu vas devant le psychiatre et t'es réformé c'est couru.

L'idée qu'il allait avoir à se faire harakiri dans les quatre heures qu'allaient suivre ne sourit pas outre mesure à notre ami (ou plutôt à l'ami de notre ami Henri Pollak. Ne confondons pas. Les amis de notre ami Henri Pollak ne sont pas obligatoirement nos amis, Dieu merci) Karacoroum. Il râla même un bon coup. Mais, que voulez-vous ? Nous étions non seulement les plus nombreux, mais aussi les plus forts : ce n'était pas pour rien que nous avions suivi pendant deux années consécutives le séminaire de vente au porte-à-porte organisé par la Sixième Section des Hautes Etudes : à coups d'arguments massues, de verres de calva et de fine, de syllogismes retors et d'improvisations brillantes, nous déchaînâmes, en moins de cent treize minutes (nous en avions connu de plus coriaces), son enthousiasme, et il finit par se dire qu'après tout ce n'était pas une si mauvaise idée : oui, il voulait bien, oui, il allait prendre quelques petites pilules, se calfater l'estomac de barbituriques, faire un bon dodo. Et puis il se réveillerait sur un lit d'hôpital, avec un petit tube dans la bouche, une demi-douzaine de bassines à ses pieds, et quelques infirmiers militaires (encore des sales planqués ceux-là) qui lui taperaient dans le dos, et puis il irait devant les psychanalisses, il leur monterait le bourrichon, il leur dirait

qu'il était pas stable

que certains jours il en avait marre de l'existence

qu'il voulait se faire sauter la cervelle

qu'il préférait se fiche à l'eau

qu'il en avait marre de l'existence

qu'il voulait se fiche à l'eau certains jours

qu'il voulait se faire sauter la cervelle

qu'il était pas stable

76

qu'il préférait en finir une bonne fois pour
toutes
qu'il était déprimé que c'en était pas
croyable c'était comme un trou
un trou noir
un grand trou noir
brrr
il en avait assez de la vie
(à quoi bon vivre)
il avait peur c'était pas normal
il était pas stable
il préférait se fiche à l'eau
enfin quoi, il leur ferait comprendre que s'il
y avait quelqu'un de zinzin dans le régiment, c'était bien lui, et que les crises de
maspéroclastie bavotante du capitaine
Dumouriez, c'était de la bibine à côté de ce
qu'il avait. Et les psychanalisses diagnosti-
queraient une bonne petite paranoia simplex, ou peut-être même la schizo, et
l'enverraient à l'hôpital, il irait pas sur les
pitons rocheux et peut-être que les Algériens, ils finiraient bien par la gagner leur

sale guerre et que le cessez-le-feu il sera conclu et que la paix elle est signée.

Sur ce, fort ému, Karamega s'enfila un grand verre de gin et il se mit à rire tout seul.

Il passa l'heure suivante à roupiller comme un bienheureux, cependant que d'aucuns dont nous étions desquels s'occupaient de son salut militaire en déterminant codex en main le produit qu'il allait se farcir :

le curare aurait été, somme toute, inefficace ;

l'Achéronate d'Atropion était interdit aux hommes de troupe et aux sous-officiers de réserve ;

l'extrait liquide de Taedium Vitae coûtait les yeux de la tête ;

et nous nous rabattîmes sur la thanatine solucamphrée du Dr Mortibus :

Nicotate de Methilde	0,005
8-Chlorothéophyllinate-dimethyl-amino-éthyl-benzhydryl éther	0,1
Paradichlorobenzène....................	0,4
Balzaque	0,001
Quinquina succirubra.................	0,8
James Bond	0,07
Agrippa dobignia	traces
Excipient placébique...........	Q.S. (98,6 %)

médication peu renommée, mais dont, au moins, personne, paraissait-il, jamais n'était jamais venu jamais se plaindre. Pollak Henri, qui était un garçon méthodique, prit bonne note des caractéristiques de ce produit sur son petit agenda de l'homme moderne à feuillets mobiles (et à fermoir chromé) ensuite de quoi nous décidâmes en premier lieu de réveiller Karasweisz par les moyens les plus expéditifs, de le mettre sur pied, et de le vêtir de ses plus biaux atours ;

deuxièmement, de l'accompagner en le tenant par le bras jusqu'à la plus proche des pharmacies voisines (à savoir au croisement de la rue Boris-Vian et du boule-

vard Teilhard-de-Chardin), d'acquérir
sans égard pour son regard globuleux un
tube de thanatine solucamphrée du Dr Ad.
Patrès, de lui payer généreusement un café
au comptoir du bistro d'en face, et d'y
surveiller l'ingurgitation massive — mais
non exagérée — des petites pilules hypno-
fères, somnitives et dormigènes ;
tertio, de l'accompagner à un hôtel, et de
lui souhaiter une longue et bonne nuit ;
et, petit *d*, de ne pas manquer de prendre
de ses nouvelles aussi vite que faire se
pourrait.

Ensuite, qu'on se disait, c'est du tout
cuit c'est facile. Il suffira, comme dit
l'autre

Qu'il ait l'sommeil barbiturique
Pour s'démantibuler l'pchichique.

Le mec, il dort sur ses deux oreilles. Ses
petites affaires sont bien rangées. Il a laissé
sur la table nocturne la photographie de
celle qu'il a dans la peau, le tube délesté de

ses pilules amères, un verre à moitié bu, une lettre qui dit comme ça qu'il en a eu marre de l'existence, qu'il voulait pas y aller en Algérie, qu'il aura pris douze comprimés de la thanatine du Dr Kadaver, qu'il demande pardon à son papa, à son colonel, à sa maman, au capitaine qu'avait été si bon, à l'adjudant qu'il serait plus fâché avec malgré qu'il lui avait mis huit jours un jour qu'il avait rien fait il le jurait, au margis Pollak qu'eût été un vrai pote, au brave Falempain (mais y'avait déjà trois semaines qu'il avait crevé le brave Falempain) et au petit Laverrière qu'on a chaleureusement surnommé Brise-Glace.

Et dans le petit jour blême, inquiet du sort de cet étrange voyageur qui portait l'uniforme de la glorieuse armée française (la meilleure parce que la plus vendue), l'hôtelier au visage patibulaire et à la mine défaite, tambourinerait à la porte dudit, ameuterait de ses grands cris de veau égorgé les voisins, les flics en bourgeois, la P.J., la S.P.A., la V.S.O.P., la morgue, l'Elysée, le *Figaro*, Baudelocque et Cochin, et Karaschmurz l'endormi irait poursuivre son sommeil dévastateur sur la couche moelleuse d'un grabat d'hôpital et ne se réveillerait qu'avec quarante-trois centimètres de sonde javellisée dans l'œsophage (à moins que ça ne soit dans le pharynx). Onze (ou peut-être dans le larynx même), onze (ou dans la trachée-artère, j'y connais rien, moi), onze (vous me direz que si je n'y connais rien, je n'ai qu'à pas écrire : quand on veut écrire, faut avoir du vocabulaire. Possible, mais je suis bien sûr que vous n'en savez pas plus que moi sur ces trucs-là. D'ailleurs vous seriez bien incapables d'écrire cette histoire à ma place !) onze (mettons qu'il aura quarante-trois centimètres de sonde javellisée dans la gorge et n'en parlons plus...), onze psycholonels (donc) triés sur le volet lui prendraient le pouls, lui tireraient la langue, lui mesureraient l'intellect, lui regarderaient sous les orteils comment que serait son Babinski (Ah ah ! je tiens ma revanche : je suis bien sûr que vous ne savez pas ce que c'est qu'un Babinski. N'espérez pas que je vais vous le dire) et, écœurés, l'enverraient se faire voir ailleurs tandis que les braves moujahids ils retournent la situation et que la trêve c'est pour tantôt et que la paix elle est signée.

Ainsi donc fut-il fait : cependant que le gros de la troupe restait sur les lieux pour finir les bouteilles, Pollak Henri, le brave Pollak et un autre (dont le nom ne vous dirait rien) prenaient Karabougaz sous les bras et l'emmenaient faire une petite balade.

Du temps fugit. L'était tard. Certains s'endormaient à même le sol. Il y en avait qui partaient à pas feutrés, d'autres qui se prenaient les pieds dans les bouteilles et se mettaient à insulter le nom du créateur, d'autres qui allaient à la cuisine pour manger du fromage. Des femmes voilées de noir s'agenouillaient devant l'icône et se signaient priant pour le salut du soldat.

Cependant qu'indifférent à la chose, sur l'électrophone en sourdine, Lester Young, qu'accompagnaient John Lewis au piano, Paul Chambers à la basse et Kenny Clarke aux drums, interprétait quelque chose de très simple et de très beau (*Blue Star*, Norman Granz, n° 6933).

Sur le coup de trois heures, trois heures et quart, Pollak Henri et son compagnon (dont le nom ne vous dirait rien) firent une apparition remarquée. Ceux d'entre nous qui avaient encore la force de parler se soulevèrent sur un coude et demandèrent comment que ça s'était passé.

Ils se lancèrent dans un récit si compliqué, si compliqué que la fameuse dictée de Claude Simon proposée aux candidats au concours d'entrée de l'Ecole Normale Supérieure de Puériculture (session unique de 195.) eût à côté paru plus linéaire que le célèbre sixain d'Isaac de Benserade (1613-1691) où l'évidence le dispute à la grâce et

que je ne résiste pas au plaisir de vous le
citer *in extenso* :

> *Entre la Poire et la Fromage*
> *Mon Cueur ne sait Laquelle choisir :*
> *Si je prends la Fromage,*
> *Je n'aura pas la Poire ;*
> *Et si je prends la Poire,*
> *J'aura pas la Fromage.*

(L'authenticité de la pièce serait douteuse.
Je ne trancherai point sur ce point, m'ébor-
gnant à faire remarquer que ce sixtain
comporte, comme n'importe quel autre, les
six vers réglementaires, et que, *sed etiam,* la
structure, la peinture, la texture et la
facture sont indubitablement précieuses ;
quant au sens, s'il est moins clair, c'est la
faute à l'Allégorie qui a mal supporté le
voyage ; mais enfin, convenons-en, c'est là
une belle petite chose).

Bon. Donc, Pollak Henri et l'autre (dont
le nom ne vous dirait rien) avaient traîné
Karastinck dans une pharmacie de Mont-

parnasse (où, t'en souvient-il, lecteur, l'un de ces trois nyctobates avait vu le jour), ils l'avaient pesé, histoire de voir, et ils avaient acheté à son exclusif usage un petit tube verdâtre, assez lugubre ma foi, qui contenait douze dragées mauves, de forme ovoïde.

Puis, ils étaient allés dans un café lugubre, et ils avaient demandé au garçon, lequel avait un crâne ovoïde, un teint verdâtre et un tablier tirant sur le mauve qu'on se serait cru dans un film de Vincente Minnelli, ils avaient demandé au garçon, donc, trois cafés noirs, très noirs, et le garçon leur avait apporté trois cafés noirs, noirs comme de l'encre noire. Alors, Pollak Henri, à moins que ça ne soit l'autre, dont le nom ne vous dirait rien (de toute façon, mieux vaut ne pas savoir qui ce fut) avait mis quatre dragées dans la tasse destinée à Karablum, et onze morceaux de sucre, avait vigoureusement remué avec une petite tuyère qu'il avait retirée à moitié rongée, avait porté la tasse

89

aux lèvres de Karacalla, lequel l'avait bue d'un trait, puis lui avait tapoté dans le dos jusqu'à ce qu'il fasse son rot.

Après quoi, Pollak Henri (notre ami) et son compère (dont le nom ne vous dirait toujours rien) avait dicté une lettre à Karaschwein dans laquelle c'était dit que Karaschwein il en avait marre de l'existence que c'en était pas croyable, que peu lui chaudait l'idée d'aller ratisser dans les djebels, qu'il avait pris les douze dragées mauves de thanatine du Dr Morty Kohl, que le maréchal des logis Pollak Henri il n'avait rien à voir là-dedans ; qu'il demandait pardon à son papa, à sa maman, à son colonel, à son capitaine qu'était la crème des hommes, à l'adjudant qu'avait fait ses preuves, à ses copains Laverrière et Falempain (mais ça faisait déjà trois semaines qu'il avait un trou rouge au côté droit, Falempain) et au général de Gaule, Président de la République Française.

Karabouffi lut, relut, signa de sa signature enfantine, et rota derechef. Il semblait

90

épuisé et tremblait comme une jeune pousse caressée par le doux Zéphyr. Son visage avait pris une teinte qui ne disait rien de bon, le bout de son nez virait au rose et son chef commençait à se déplumer. Pollak Henri et l'autre, dont le nom ne vous dirait rien, jugèrent qu'il était temps de décamper.

Ils cherchèrent un hôtel et n'en trouvèrent pas. Ce sont des choses qui arrivent.

Ils marchèrent longtemps, si longtemps qu'à la fin ils furent fatigués et s'arrêtèrent. Et Karafeld, sans prévenir, se laissa tomber dans la canivache et se mit à ronfler.

— On va quand même pas le laisser là, dit Pollak Henri.

— Pour sûr, fit l'autre, dont le nom ne vous apprendrait rien.

— Ben voyons, appuya Henri Pollak.

— C'est l'évidence même, conclut l'autre, dont le nom ne vous dirait pas grand-chose.

Stimulés par leur parfait accord, ils se regardèrent dans le blanc des yeux et, cogitant de concert, s'offrirent une petite séance de brainstorming d'où émergea cette lumineuse idée : que puisqu'il n'y avait pas de place dans les hôtels, Karacasse n'avait qu'à aller à la caserne.

Sitôt dit, sitôt fait : Karabinèré, remis sur pied, fut poussé dans un taxi qui passait d'aventure, et dans lequel Pollak Henri et l'autre (dont le nom ne vous dirait rien, parfaitement) s'engouffrèrent itou, et le taxi les transbahuta à vive allure jusques aux portes du Fort Neuf de Vincennes, le long d'un petit néraire que Pollak Henri connaissait bien, pour l'accomplir matin et soir sur son pétaradant petit vélomoteur à fourche télescopique (et à niveau d'huile apparent).

Alors (mais seulement alors), ils réveillèrent Karascon en lui incinérant des petits bouts de bois dans les oneilles (vous voyez qui j'allusionne?) et ils lui dirent d'aller bien vite se coucher, de prendre les quatre dragées mauves de thanatine qu'ils lui mirent dans la main avec un bon sourire, de mettre la lettre en évidence à côté de son casque, et d'attendre, confiant, la suite des événements. Et ils lui dirent encore qu'il ne leur devait rien, ni pour les dragées, ni pour les cafés, ni pour le taxi (c'était vraiment de la grandeur d'âme), qu'ils avaient été contents de lui rendre service et que, comme disent les cantonniers de notre Belle France :

S'il était à refaire
Ils referaient ce chemin.

Après quoi, cachant bien leur jeu et mal leur émotion, ils balancèrent Karabesque hors du tacot vénal et intimèrent au chauffeur l'ordre de faire demi-tour. Et, passant sur la Seine, Pollak Henri, du geste auguste du semeur, balança les quatre dragées mauves qui restaient dans le flot noir qui les engloutit.

Et Dieu, qui voit tout, vit que tout cela n'allait pas servir à grand-chose.

Et voilà, dîmes-nous, l'est parti. Nous bûmes encore un verre. Pollak Henri l'alla se coucher, puis les autres. On se pieuta.

Le lendemain, nous rangîmes. C'était un champ de bataille. Nous lavâmes les assiettes, les couteaux, les fourchettes, les verres, les cendriers. Nous jetâmes les bouteilles et frottâmes les parquets.

Sur le coup de quatre heures, quelques copains survenirent à l'improvisse.

— Alors, qu'ils demandèrent. Et Karameraman? Où qu'il est Karameraman?

— Savons foutre pas, qu'on a fait. Faut attendre le Pollak Henri, qu'on a ajouté.

L'Henri Pollak se fit longtemps attendre. L'arriva sur le coup de sept heures, la peau

95

sur les os, bête comme chou, le visage
ravagé de tics, la cravate mal cravatée
autour de son long cou de poulet mal cuit,
la pomme d'Adam tressautant spasmodi-
quement.

— Alors, qu'on fit. Et Karavigote ?

— Ah là là, qu'il a râlé le Pollak Henri,
m'en parlez pas, m'en parlez pas.

Et, après avoir bu un peu d'eau de
mélisse, de nous raconter la chose qui
s'était passée :

Lorsque, le matin même, notre cher grand ami Pollak (Henri), maréchal des logis, encore mal revenu des émotions de la nuit, et l'estomac tout barbouillé des quatre sortes d'alcools dont il avait eu l'imprudence de faire le mélange desquels, avait enfourché, mélancolique, sa trottinette à pédales ajourées, avait quitté son Montparnasse natal où que résidaient à demeure sa promise, sa chambre nuptiale, ses garçons d'honneur, sa corbeille de mariage, avait franchi, lourd de sommeil, les portes du Fort Neuf, avait salué la garde et tout le bataclan,

qu'est-ce qu' —

(mais d'abord, je conseille au lecteur, ou

97

plutôt, je ne saurais trop lui conseiller de
relire, tout le texte, certes, mais plus particulièrement la proposition ci-dessus, et
d'en admirer la barbarité : cette implicite
autocritique vaudra pour toutes les
autres).

Qu'est-ce que, donc, avait-il vu, le Pollak Henri, dans la cour de la caserne ? Un
petit vélo à guidon chromé ? Non, pas du
tout, vous n'y êtes pas ! Il avait vu, le
Pollak, il avait de ses yeux vu les camions
bâchés, les beaux camions bâchés, qu'attendaient qu'on les remplisse pour emme-
ner tout ce joli monde à la gare. Et qu'est-
ce qu'il avait encore vu le Pollak Henri ?
Un petit vél- ? Mais non, triple andouille !
Il avait vu, de ses yeux vu, se dirigeant vers
ces camions bâchés, ployant sous le fourbi
du fardeau, ou plutôt sous le fardeau du
fourbi arabicide, les yeux bouffis, le teint
jaune, l'air con, le grand Karathoustra, le
vrai Karathoustra, le seul Karathoustra.

Il s'était approché, le pauvre Henri
Pollak et il avait dit :

— Ben alors, Karabibine, kak tu fous là ?

— Oh ta gueule toi, qu'il avait fait le grossier (et ingrat, et méchant) Karapoplektick.

Le pauvre Henri Pollak n'en put rien tirer de plus. Mais comme c'était la persévérance même, cet Henri Pollak-là, il alla aux renseignements. Il interrogea les hommes de la chambrée, les mecs de la garde, les badauds, les voisins, les concierges, et, moitié déduisant (car il avait de la jugeote, le Pollak Henri) moitié imaginant (car il avait aussi de l'imagination, et pas qu'un peu, l'Henri Pollak), il parvint à reconstituer ce qu'avaient pu être les dernières heures vincennoises de son brave et généreux camarade.

L'apparaissait donc qu'au petit matin dudit jour, le Karazozo, qu'effrayait peut-être la perspective de s'envoyer au tapis sans savoir ce qui se passerait ensuite, avait décidé dans sa petite tête qu'au lieu de s'aller coucher stricto sensu, il irait chasser les vapeurs alcooliques et les papillons de nuit en faisant quelque footing dans le bois tout proche. On l'avait vu du poste de garde dirigeant ses pas loxodromiques vers les hautes futaies de l'avenue Gustave-Gesselaire. Une heure après, la sentinelle l'avait vu revenir et s'affaler soudingue. N'écoutant que son courage, elle alla le réveiller et il ne trouva rien de mieux à faire, le Karabambou, qu'à peine secoué,

101

de se délester de trois quarts de litre de gin, un bon quart de rhum, autant de marc, un peu moins de calva, quelques zestes de citron, du riz à contenter une population de Chinois et quelques autres substances parmi lesquelles sans doute surnageaient encore quelques molécules mauves de forme ovoïde aux vertus éminemment dormitives, le tout sur les chausses fraîchement repassées de l'homme de guet qui faillit en être incommodé. Une estafette appelée à la rescousse alla quérir le piquet d'incendie qui envoya son meilleur brigadier, lequel mit Karapatte debout, l'admonesta vigoureusement et l'envoya se coucher sans dessert.

Et Karalanoi, dans le petit jour blêmissant, fit son entrée dans la chambrée toute grise. Il s'affala sur son lit, tout habillé, les pieds sur l'oreiller, la tête sur son casque, et se mit à ronfler comme s'il n'avait jamais appris rien d'autre à l'école.

Trois heures plus tard, l'orchestre de la Garde républicaine, venue donner une

102

aubade au commandant de la garnison à l'occasion de la fête de sa nièce Caroline, attaquait avec entrain l'ouverture de *la Flûte enchantée,* enchaînait à vive allure avec la polka en *fa* tirée de *la Pie voleuse* et terminait (con brio) avec la *Symphonie bourrichonne* de Cornelius Flandrin. Karacrack se leva, se lava à grande eau, prépara ses affaires, et foutut son camp comme tout un chacun.

Preuve, s'il en est besoin, que la discipline fait bel et bien la force principale des armées.

Et ce fut tout, comme disent les bons auteurs pour bien montrer que c'est bien fini.

— Ça alors, qu'on a fait. Eh oui, qu'il a dit Henri Pollak. Boudiou de boudiou, qu'il a dit un troisième.

Parole, on avait envie de pleurer.

— C'est pas tout ça, qu'on s'est dit au bout d'un long moment de recueilli silence, où ce qu'il est maintenant, le Karanoia ? L'est tout de même pas déjà rendu ?

Les trains chargés d'Algéroclastes partaient, apprîmes-nous de la bouche de Pollak Henri (orfèvre en la matière), longtemps après la nuit tombée, d'une gare réservée à cet unique usage, située quelque part au fin fond d'un bois, du côté de Versailles.

Ce pauvre Karadine ! Lui qui croyait

qu'il allait rester à se la couler douce dans les bras de celle qu'il avait dans la peau, et qu'il irait jamais sur les pitons rocheux, voilà-t-il pas qu'il était peut-être dans ce train, tout seul, tout triste. Nous pensâmes à la guerre, là-bas, sous le soleil : le sable, les pierres et les ruines, les froids réveils sous la tente, les marches forcées, les batailles à dix contre un, la guerre quoi.

C'est pas joli joli la guerre, ça non. Parole, on avait envie de pleurer (je crois l'avoir déjà dit).

Et alors on s'est dit comme ça :

« Faut quand même aller voir. »

Et nous voilà partis, bras dessus, bras dessous, avec le maréchal des logis Pollak Henri en tête. On a pris le train jusqu'à Versailles. On a acheté des tas de bonnes choses : des cigarettes, des cigarillos, une demi-bouteille de whisky, des bonbons, des chocolats fourrés, une écharpe brodée, des illustrés, des livres de poche, un jeu de petites médailles porte-bonheur pouvant servir en diverses occasions. On a décidé

106

qu'on allait lui donner nos photos et nos adresses, pour qu'il nous écrive quand il sera là-bas, et qu'on lui enverrait des colis et qu'on serait ses parrains et ses marraines de guerre.

C'était par une nuit lumineuse et tranquille.
Dans l'immense clairière au milieu des bois noirs
Y'avait quarante wagons enchaînés à la file
Qu'étaient pleins à craquer de mecs et de pétoires.

Y'avait des militaires à ne savoir qu'en faire.
A ne savoir qu'en faire y'en avait des soldats;
Y'en avait en seconde, y'en avait en première,
On voyait bien qu'la France entière al était là.

Y'avait deux trois civils, un papa, deux mamans
Qui séchaient leurs beaux yeux tout pleins de
*   larmes fières*
En disant au revoir à leurs petits enfants
Et y'avait des soldats qu'urinaient aux portières.

Y'avait des rigolos qui grattaient des guitares
Des bandes débraillées chantaient à l'unisson;
Les sergents recruteurs distrib(u)aient des cigares;

Des saoulots au vin triste étaient secoués d'fris-
sons.

Des braillards avinés se rotaient au visage ;
Des philosophes émus griffonnaient pieusement
Des pages ousqu'ils disaient les malheurs de leur
âge
Et des paras curés regardaient en souriant.

Y'avait la nuit sereine au-dessus des wagons,
La loco émotive était prête au départ,
La victoire éclatait dans les yeux des troufions :
Peut-être le bonheur n'est-il que dans les gares ?

On a cherché longtemps, longtemps. On
a longé le train une fois, deux fois, dans un
sens, puis dans l'autre. On voulait monter
dans les wagons, mais ce n'était pas per-
mis. Alors, à chaque compartiment, on
criait :

— Eh, Karaphrenick ! T'es là ! Montre-
toi un peu ! C'est ton copain Pollak Henri !

— Y'en a pas de Kara-comme-tu-dis
ici, qu'on nous répondait, ou bien :

— Ta gueule, eh con ! qu'on nous disait.

Alors on s'est rendu à l'évidence :
que Karalarico, il était pas dans ce train-
là, ou bien qu'il ne voulait pas nous parler.

Alors Pollak Henri et nous autres, on s'en est revenu sur la route versaillaise. On a repris le train jusques aux Invalides. On s'est partagé les bouquins, les cigarettes, les chocolats. On est allé boire un pot à la terrasse du Select et on a vidé la bouteille de whisky. Et puis chacun est rentré chez soi. Et plus jamais on n'a entendu parler de ce mauvais coucheur.

INDEX

des fleurs et ornements rhétoriques, et, plus précisément, des métaboles et des parataxes que l'auteur croit avoir identifiées dans le texte qu'on vient de lire.

117

DU MÊME AUTEUR

Aux Éditions Gallimard

Collectif

ATLAS DE LITTÉRATURE POTENTIELLE, coll.
« Idées », 1981 et « Folio essais », n° 109, 1988.

Aux Éditions Balland

UN CABINET D'AMATEUR, 1979.

Aux Éditions Denoël

*Ces ouvrages ont paru en première édition dans la collection « Les
Lettres nouvelles », dirigée par Maurice Nadeau.*

QUEL PETIT VÉLO À GUIDON CHROMÉ AU FOND
   DE LA COUR ?, 1966.

UN HOMME QUI DORT, 1967.

LA DISPARITION, 1969.

W OU LE SOUVENIR D'ENFANCE, 1975.

LA BOUTIQUE OBSCURE, *Denoël-Gonthier,* coll. « Cause
   commune », 1973.

Aux Éditions Galilée

ESPÈCES D'ESPACES, coll. « L'Espace critique », 1974.

ALPHABETS, coll. « Écritures/Figures », 1976.

Aux Éditions Hachette/P.O.L.

JE ME SOUVIENS, « Les Choses communes I », 1978.

LA VIE MODE D'EMPLOI, 1978.

LA CLÔTURE ET AUTRES POÈMES, 1978.
THÉÂTRE, I, 1981.
PENSER/CLASSER, 1985.

Aux Éditions Julliard

LES CHOSES, 1965.
LES REVENENTES, coll. « Idée fixe », 1972.

Aux Éditions Mazarine

LES MOTS CROISÉS, 1979.
MOTS CROISÉS, II, *P.O.L./Mazarine*, 1986.

Aux Éditions Orange Export LTD

L'ÉTERNITÉ, 1979.

Ouvrages en collaboration

PETIT TRAITÉ INVITANT À L'ART SUBTIL DU GO,
  Christian Bourgois, 1969.
RÉCITS D'ELLIS ISLAND, *avec Robert Bober, Éditions du
  Sorbier*, 1980.

Traductions

Harry Mathews : LES VERTS CHAMPS DE MOUTARDE
  DE L'AFGHANISTAN, *Denoël*, « Les Lettres nouvelles »,
  1975.
Harry Mathews : LE NAUFRAGÉ DU STADE ODRADEK,
  Hachette/P.O.L., 1981.

Impression Bussière à Saint-Amand (Cher),
le 24 août 1989.
Dépôt légal : août 1989.
1er dépôt légal dans la collection : novembre 1982.
Numéro d'imprimeur : 9321.
ISBN 2-07-037413-0./Imprimé en France.
Précédemment publié aux Éditions Denoël
ISBN 2-207-28045-4.